夜空に願い事

仙名のぞみ

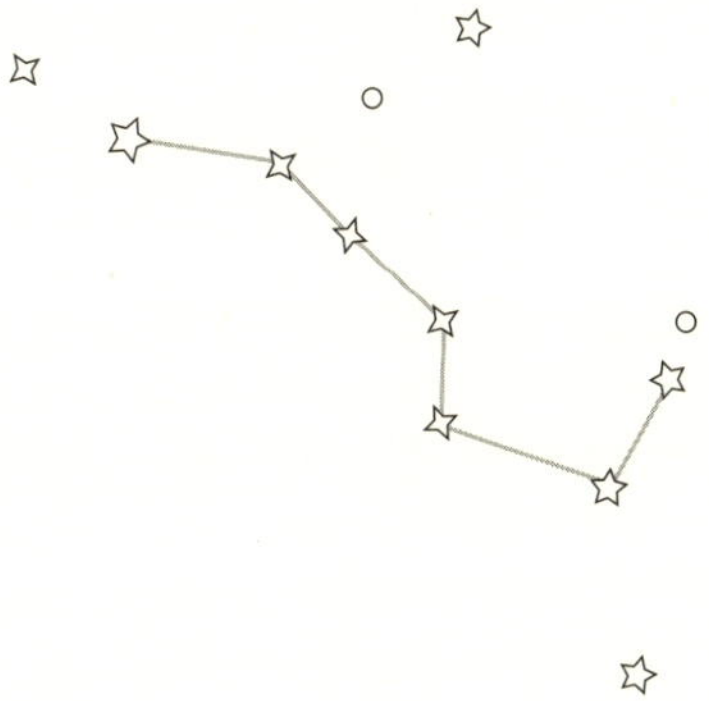

文芸社

もくじ

五年前

十月にもなると、寒さは増し、通勤・通学の人々の足どりも自然と速くなる。

河野《こうの》由季《ゆき》は最近、同じ夢ばかり見る。

五年前、まだ高校生で十六歳の由季が病院の分娩《ぶんべん》室で泣き叫んでいる。側で寄り添《そ》う母。そして、病室の前では心配そうに見つめ、見守る彼――。

一章

大きな欠伸《あくび》をしながら、眠たそうに由季が起きてきた。台所では母の利絵《りえ》が二人分の朝食を鼻歌まじりに作っている。

由季は母の背中に声を投げた。

「おはよう」

「おはよう、由季ちゃん」

振り返って、利絵は満面の笑みを向ける。

「今日も仕事探しに行くの？」

「うん」

椅子にかけ、目をこすりながら、由季がうなずく。

「ある？　いいの」

「ううん、なかなか」

「今の時代、選べる仕事ってないもんねぇ」

テーブルの上に二人分のトースト、サラダ、牛乳をのせると、利絵も由季の前に座った。

「それより、利絵ちゃん。昨夜、またあの夢見ちゃった。五年前の……」

「ああ、一郎《いちろう》君の？　彼、今どこで何やってるのかしらね。隼人《はやと》君、元気かしら？」

「私にしてみれば、隼人の成長だけが気がかりなんだけど」

「そりゃ、そうよ。どんな理由があったにしても、自分のお腹を痛めて産んだ子なんだから」

由季は答えようがなく、かすかに微笑《びしょう》だけした。

今年の八月で二十一歳になった由季は会社員の父・光男《みつお》と母・利絵の三人暮らし。高校卒業後、近くのカフェで働いていたのだが、経営状態が悪くなり、倒産した。

現在は失業給付をもらいながら、新しい仕事を探している。

外見も中身も今どきの若い女の子と同じなのだが、ただ一つほかの子と違うのは十六歳で子供を産んでいるということだ。

中学二年のときから付き合っていた六つ年上の彼の子を身ごもり、どうしても産みたいと食い下がった。が、まだ高一だった由季には当然、育てていく力がなく、相手に託《たく》したのだ。

世間は子供を捨てた母親、と批判するが、由季は今年で五歳になる息子の隼人のことを片時も忘れたことはなかった。産んでから、一度も会っていないが――。そして、彼、一郎のことも――。

そんな由季を、光男と利絵は自分のことのように心配し続けていた。

特に利絵とは小学生の頃から由季ちゃん、利絵ちゃんと呼ぶ仲で、親子というよりは友だちといった感じだ。

だが、一人娘だからといって、決して甘やかして育てたわけではなく、しっかりした子に成長していった。


今、由季には六つ年上の彼氏がいる。高三のときに出会い、付き合ってもうすぐ三年だ。

金井《かない》尚悟《しょうご》は精神科医院でカウンセラーをしている。恩人の先生といっしょに個人の精神科医院を切り盛りしている。

優しくて、まっすぐな尚悟が由季の今一番大切な人だったが、尚悟に過去のことは言えずにいた。

いつものように、彼の仕事の合間《あいま》をみて、由季は会いにきていた。

「仕事、見つかりそう?」

書類の整理をしながら、白衣姿の尚悟が聞く。

「それが、あんまり……」

「この際だし、俺と結婚する?」

「え?」

尚悟が真面目な顔で言うので、由季はドキッとした。が、すぐにいつもの穏《おだ》やかな笑顔に戻る。

「冗談だよ。由季は自分が一人前になるまで結婚する気はないって言ってたもんな。本気にした?」

「まさか」

「何だ。ちょっと、ショック。でも、俺はいつでもその気だけど」

由季は尚悟との将来のことはもちろん考えている。が、そのときは過去をすべて明かさなければいけない。

五年前のことがなければ、由季は今すぐにでも尚悟と結婚する気はあった。尚悟に自分の過去を知られ、どう思われるのかが一番怖かった。

「あ、そうだ。由季、調理員に興味ない？」

考え込んでいた由季に突然、尚悟が別の話題をふった。

「由季の家からそんなに遠くはないんだけど、老人ホームでね、俺の友人の叔母《おば》がそこのヘルパーなんだけど、調理のほう、募集してるんだって」

老人ホーム「さとう畑」は由季の家から車でほんの十分ほどだった。調理員に興味がないわけではなかったので、面接を受けてみたところ、早速、来週からよろしくとのことだった。

調理員は調理補助として、入所者の食事の盛り付け、食器の洗浄を主な仕事としている。資格は必要なく、誰にでもできる仕事だ。

調理のほうは人こそ少ないが、個性的な人たちばかりだった。いつもきりっとしている森寛子《もりひろこ》、五十過ぎても独身の遠藤里子《えんどうさとこ》、細身の男性調理師・三上隆之《みかみたかゆき》など。

ほとんどが五十を過ぎた年配の人たちのなかで、由季と同じ年の子もいた。

大原恵美子《おおはらえみこ》といって、失敗が多く、いつも寛子に怒られてばかりいる。

再就職して一週間が経った。

今、お昼の休憩中だ。ここでは皆いっせいに休憩をとる。

恵美子は思い出したように隆之を見た。

「そうだ、三上さん。来週、うちのおじいちゃんの誕生日なんだけど、何プレゼントしたらいいですかね？」

「おじいちゃん？」

とっさに、由季は聞き返した。

「私のおじいちゃんとおばあちゃん、三上さんと同じ五十七歳なんだ。若いでしょ？　若いときにお父さん産んでるからね。私も母親が十六のときに生まれてるし」

恵美子の何気ない言葉に、由季の目は飛び上がった。

「え？　お母さん、十六のときに産んだんですか？」

「そう。ま、生まれてすぐに両親に捨てられたから、ずっと祖父母に育てられたんだけどね」

恵美子の両親・孝《たかし》と真樹《まき》は高校の同級生だった。二人は愛をはぐくみ、一度きりのセックスで真樹は恵美子を身ごもってしまった。

お互い十六だった二人は恵美子を孝の両親・博司《ひろし》と律子《りつこ》に預けた。孝は家を出て、真樹も実家に帰った。だが、恵美子は祖父母からたくさんの愛をもらい、何不自由なく育ってきた。

実際、三人で歩いていても、三十七歳しか年が離れていないため、誰も祖父母と孫とは思うはずもない。

同じ二十一歳で、十六歳で子供を産んだ女と、母親が十六歳のときに生まれた女――。

由季は恵美子に対して、運命的なものを感じた。

由季はだんだんと仕事に慣れてきた。職場の人たちとも打ちとけつつある。

遅番で夜七時半に終わり、由季が帰り支度をしていると、恵美子に呼び止められた。

「河野さん、これからヒマ?」

「え、別に予定はないですけど……」

「じゃあ、付き合ってよ。カラオケ行こ!」

まだ支度途中の由季の腕を、恵美子は強引に取った。

「えっ、いいです、私は……」

「いいじゃん。河野さんって、マイク持ったら放さなそうって感じ。ほら、早く」

恵美子に無理矢理、手を引っ張られ、由季はしぶしぶ近くのカラオケ屋に入った。

それでも、一人でウットリとバラードを熱唱したり、恵美子と一緒に『LOVEマシーン』で盛り上がったりと楽しんだ。

あっという間に時間が経ち、カラオケ屋を出ると、九時を過ぎていた。

「あー楽しかった！　やっぱり河野さんって、思ったとおりの人。カラオケにはよく行くの？」

「あ、はい。利絵ちゃんとよく行くから」

うっかり、いつもの癖《くせ》で母親を「ちゃん」付けしてしまう。

「友だち？」

「いえ。あ、そうです」

母親とは言えなかった。

「でもさ、私たち、これからはもっと仲良くなれそうだよね。っていうか、その敬語、やめてくれない？　タメなんだし。ね、河野さんって、彼氏いるの？」

「はい。あ、うん、まあ……」

恵美子の勢いに押され、由季はついうなずいてしまう。

「マジ？　どんな人？　何やってる人？」

「カウンセラー」

「えー!?　何か超かっこいいじゃん。私なんて、彼氏いない歴二十一年だよ。ありえないよ。まぁ、また一緒に遊びに行こうね。じゃ、バイバイ、由季！」

恵美子は大きく手を振った。あまりにも強引だが、憎めない子だなと由季はフッと微笑んだ。

二人は次第に仲良くなり、プライベートでも、よく一緒に遊ぶようになった。呼び名も由季、恵美子と呼び合っている。

お昼の休憩中に、里子が由季に話題をふってきた。

「由季ちゃん、彼氏いるんだってね？　お医者様の」

恵美子のおかげで、みんなに知れわたっていた。由季は赤くなりながら答える。

「いいえ、医者じゃなくて……」

「いいわねぇ、若いって。幸せそうで」

「里子さんも幸せだろ。二十一歳の片思いの相手がいて。今日も愛しの彼はごはん大盛り食べてたよ」

隆之のからかいに、今度は由季が里子にふる。

「片思いの相手って、誰ですか？」

真っ赤な顔の里子に代わって、恵美子が答えた。

「里子さん、私たちと同じ年《とし》でヘルパーとして働いている子がお気に入りなんだって。高島雅斗《たかしままさと》君っていってね、まだ去年入ったばかりなんだけど」

「高島雅斗……？」

その名前に、由季は聞き覚えがあった。


由季は職員名簿を見ていた。

「ごちそうさん！」

後ろから声がしたので振り返ると、食べ終わったトレイを持った若いヘルパーが笑顔で立っていた。高島雅斗である。

「あれっ？　誰かと思ったら、やっぱり河野だったんだ。前から、俺と同じ年の子が調理員として入ってきたって聞いてて、河野に似てるなって思ってたんだけど、なかなか声かけられなくてさ」

「高島君って……中学のとき一緒だった？」

雅斗は子供みたいな顔で笑った。二人は中学の同級生だったのだ。成人式に出席しなかった雅斗とは中学卒業以来である。

「ま、これからは同じ屋根の下で働くわけだし、よろしく」

二人は人目も気にせず、握手した。


由季は仕事に慣れてきたことを尚悟に話した。仕事が忙しい尚悟と会うのはほとんど精神科医院だ。

まともにデートする日もあまりなく、しても途中で患者《クライアント》からの電話がかかってくることも少なくない。

「私と同じ年で大原恵美子ちゃんっていうんだけど、失敗が多くて、いつも上から怒られてばかりなんだけどね、でも明るくて、前向きで、すごくおもしろい子なんだ」

嬉しそうに話す由季の話を、尚悟は微笑みながら聞いている。

「由季、今度いつ休み？」

「あさって」

尚悟は手帳を開いた。

「あさってなら、俺も午後から休みだし、たまには二人でどこか遊びに行こうか？」

「うんっ！」

由季は子供のように喜んだ。尚悟とデートだなんて、しばらくぶりだ。

「じゃあ、どこ行こうか？」

そのとき、ドンドンとドアを勢いよく叩く音が聞こえた。

「先生！　先生！」

尚悟がドアを開けると、今にも泣きそうな顔の女の子が立っていた。

「未久《みく》ちゃん、どうしたの？」

「先生、私、もう嫌っ！　お母さんがうるさいの。家になんか、帰りたくない！」

同時に女の子の母親も追いかけてきて、なかへ入ってきた。

「未久！　また、ここに来て！　金井先生に迷惑だってことがわからないの？　帰るわよ、早く来なさい！」

嫌がる女の子の手を強引に引っ張る母親を尚悟は止めに入った。

「島津《しまづ》さん、落ち着いてください。また、近いうちに三人でお話ししましょう。島津さんの都合のいい日、いつですか?」

「あさっての午後からなら、空いてます」

娘の手を引っ張りながら、母親が答える。

「わかりました。何時頃ですか?」

「一時ぐらいにここに来ます」

母親は娘と一緒に去っていった。尚悟が止める間もなく。

「大変そうだね」

「楽な仕事なんて、何一つないよ」

心配そうに由季がかけた言葉を、尚悟はあっさりと切り捨てた。

「今の子、未久ちゃんだっけ? 尚悟君がここに来た頃から通ってるんでしょ?」

「うん。小学生のときからいじめに遭っていて、母親からもいい高校に行けって言われ続けているのがうるさく感じているらしくて、俺だけが頼りみたい」

中学一年の島津未久は幼い頃に父親と死別し、ずっと母親の千里《ちさと》と二人暮らし。だが、勉強、勉強と世間体を気にし、口うるさい母を未久は嫌いだった。

学校でも友だちがおらず、一人ぼっちの未久は尚悟を慕《した》い、相談していた。

結局、尚悟とのデートは中止になり、わかっていながらも、由季は少しショックだった。


十階建てのデパートの最上階にある展望レストラン。昼間はもちろん、夜は夜景がキレイとあって特に人気のレストランだ。

窓際の四人用テーブルに、夜景を見ながら恵美子と祖父母の博司と律子が座っている。三人とも、ここに来たのは初めてだ。

十分ほど経って、店員がやってきた。若くて、スラリと背の高い男性だ。

「ご注文はお決まりでしょうか?」

「エビフライセット三つ」

代表して、博司が注文する。

店員は気持ちよく深く礼をして、去っていった。その、たくましい店員の背中を見ながら、恵美子は律子を手招《てまね》きし、耳元でささやいた。

「ね、おばあちゃん、今の人、かっこよくない? おばあちゃんのタイプでしょ?」

「そうね。おばあちゃんがもう一回り若ければね」

「一回りどころか、二回り……いや、それ以上でしょ」

「失礼なこと言うね」

律子はむくれた。

「二十代後半ってとこかな。運命の人だ……決めた！　私、彼にアタックする」

恵美子は一人ガッツポーズをした。そんな孫に博司は興味ないといった顔で、注文したエビフライはまだかと、ソワソワしていた。


早速、恵美子は閉店時間を狙《ねら》って、デパートの従業員用出入口の付近で待っていた。待っている間、まるでストーカーみたいと一人で不気味に笑っていた。夜十一時を少し過ぎたころ、彼が出てきた。恵美子は必死に駆け寄る。

「あのっ！」

「はい？」

「あの……その……私と付き合ってください！」

「は？」

男は聞き返し、恵美子はさらに慌てた。

「いや、つまり……あなたに一目惚れしたんです！」

恵美子の強引な言葉に、男は思わず吹き出し、大笑いした。


それでも、男の方から連絡をしてくれ、二人はどういうわけか、次第に会うようになっていった。

「ということで、友だちとしてからだけど、付き合うことになったんだ！」

職場の休憩中、恵美子は嬉しそうに、由季に伝えた。

「へえ……良かったね」

「でもね、その人、ちょっと問題があるの」

「問題？　借金とか？」

「そういうのじゃなくて、実はね、五歳になる息子がいるんだって。それも、相手の女の人、十六のときに産んで、育てる力がなかったから、当時二十二だった彼に託したんだって」

由季は耳を疑った。

まさか、その相手は……。

「十六で子供産んだって、私のお母さんと一緒じゃん。っていうか、ありえなくない？　私たちが十六のときなんて、遊び放題だったよね」

由季はその問いには答えず、おそるおそる恵美子に聞いた。

「名前……何ていうの？」

「竹島《たけしま》一郎っていうの」

頭をハンマーで殴られたように、由季はショックを受けた。まさか、一郎がこんな近くにいたとは……。


前から気になっていたことを、由季は恵美子に聞いてみた。

「恵美子、母親が十六のときに生まれたって言ってたよね？　すぐに捨てられたって」

「うん」

「寂しくなかったの？　憎んだりとか」

恵美子は少し考えてから答えた。

「最初はね、物心《ものごころ》ついた頃に。保育園の参観日に私だけお母さんじゃなくて、おばあちゃんだったから。小学生のときもクラスで悪口言われたり。でも、いくら憎んでも帰ってくるわけじゃないし、仕方ないかなって」

「会いたいと思わないの？」

「今はぜんぜん。中学卒業する頃までは、やっぱり会いたい気持ちはあったけど、働きだしたら、どうでもよくなっちゃった」

「ずっと会ってないの？　じゃあ、両親がどこで何してるのかもわからないんだ」

「うん、お母さんはね。お父さんは十六で父親になって、次の年の冬にバイク事故で死んじゃったって聞いたから」

「そっか……」

寂しそうにうつむいた由季を見て、恵美子は不思議そうな顔をした。

「どうしたの？　突然」

「いや、あの……親に捨てられた子供の気持ちって、どんなのかなって思って」

慌てる由季の様子を恵美子は気にも留めず、どうでもいいというふうに別の話題に変えた。

「それよりさ、今度、ダブルデートしようよ」

「ダブルデート？」

「私の彼と由季の彼と四人で。彼はいつでも休み取れるから、由季の彼の都合のいい日でいいよ。カウンセラーとかって忙しいでしょ？」

「でも、私……」

由季は慌てた。一郎との五年ぶりの再会に少し抵抗があった。それよりも、恵美子や尚悟に過去がバレてしまうことにピリピリしていた。

結局、いつもの恵美子の強引さで、今度の日曜日にダブルデートすることになった。

恵美子の相手が一郎でなければ、こんなに悩むこともないのにと思い、由季は緊張していた。

そのことを、利絵に伝えた。

「それで、ダブルデートすることになったんだ。一郎君と五年ぶりの再会ってことね」

「そうなんだよね。なんか、憂《ゆう》うつで……。向こうは私のこと覚えてるのかなとか。どう接していいかわからなくて。どうしよう、利絵ちゃん」

由季は甘えた声で、利絵を見た。

「そんな深く考えることないわよ。あれからもう五年も経ってるんだし、友だち感覚で付き合っていけばいいわよ」

それでも、由季は不安だった。


眠れない夜が続き、ついに運命の朝がやってきた。

遊園地に行こうということで、十時に入口で待ち合わせだったが、由季は一番乗りで、なんと二時間前の八時に来てしまった。

続いて尚悟、その後すぐに恵美子と一郎が一緒に来た。

五年ぶりに見た一郎は背も高く、さらにかっこよくなって、由季は正直ドキッとした。だが、一郎は由季を気にも留めず、覚えていない様子だった。

ホッとしたような、ショックだったような、由季の心は不思議な感じだ。

ほかの三人はまるで子供みたいにはしゃいでいるが、由季だけが笑顔ではなく、うつむいていた。

乗り物酔いをしたと嘘をつき、みんなから避《さ》けるようにベンチに座っていると、恵美子が走ってきて、隣に腰を下ろした。

「どうしたの？　今日ずっと、そんな顔してるけど。楽しくない？」

「ううん、そんなことないよ」

由季はうつむきながら答える。

「なら、いいけど。ね、由季の彼、尚悟君ってかっこいいよね。カウンセラーだっていうから、キザっぽいのかなって思ってたけど、話してみるとぜんぜんそうじゃないし、親しみやすいっていうか、愛嬌《あいきょう》あるキャラだよね。由季、いい人見つけたよね」

「うん……」

恵美子の言葉に曖昧《あいまい》に答え、由季はようやく、思いきって顔を上げた。

「ねえ、恵美子の彼、私たちと同じ二十一の元カノがいるって言ってたよね？　十六で子供を産んだって」

「うん」

「もし……もしもだけど、その彼女に会ったらどうする？」

「んー……でも、いっちゃん、もう元カノとは何でもないって言ってたし、もし現れても、戦う覚悟はできてるから」

恵美子の言葉に、由季はハッとした。「いっちゃん」……付き合っていた頃に由季が一郎に対して呼んでいたあだ名だった。

彼がほかの子の元へ行くと思うと、由季は不安で、何故か胸の鼓動が収まらなかった。

二章

その数日後、由季は一人で一郎の勤める展望レストランに来ていた。

ここでも、一郎は由季に気付く様子はなかった。

しかし、会計時に一郎からレシートと一緒にメモを渡された。

〝話がある。すぐ行くから、外で待ってて〟

由季が外に出てからわずか三分後、一郎は走ってきた。

「今、ちょうど休憩時間なんだ。十分くらいしかないけど、向こうのベンチに座って話そうか？」

「あ、はい……」

訳がわからず、曖昧に返事すると、二人で側のベンチに腰を下ろした。

沈黙。

一郎が先に口を開いた。

「……何か、しゃべってよ」

「あ、いえ、あなたこそ……」

緊張した面持ちの由季の言い方がおかしくて、一郎は思わず吹き出した。

「アハハ、何、他人みたいな言い方してんだよ。由季らしくもない」

由季は驚いて、一郎を見る。

「……いっちゃん？　私のこと、気付いてた？」

「当然だろ。あれから、まだ五年しか経ってないんだ。忘れるわけないじゃん」

「気付かないフリしてたの？　すっごい、ポーカーフェイス。信じらんない」

頬を膨《ふく》らませて、由季はむくれた。

「あれでも、内心はすごく驚いていてたんだ。なかなか、声かけづらくてさ、由季があまりにもキレイになってたから」

「え？」

ドキッとする由季。

「当たり前か。最後に会ったのは、まだ高一だったからな」

由季はずっと聞きたかったことを口にした。

「……隼人、元気？」

「ああ」

「来年はもう小学生なんだよね。なんだか信じられない。私にそんな大きな子がいるなんて」

愛《いと》おしそうに、一郎は由季をじっと見た。

「会いたい？」

由季は静かに、首を横に振る。

「今はまだ会わない。でも、隼人がもっと大きくなったら、会いたい。会って、謝りたい」

「そっか」

一瞬の沈黙。

「でも、良かったな。彼、できたんじゃん。尚悟君、病院でカウンセラーをしているんだっけ？　真面目で優しそうだし」

「うん……」

何故か、由季は胸の痛みを覚えた。一呼吸おいて、一郎は立ち上がる。

「じゃ、俺、仕事に戻るから」

「いっちゃん‼」

思わず、由季は叫んだ。

「……恵美子のこと、大事にしてあげてね。いっちゃんのこと、すごく好きだから」

「……わかってるよ」

曖昧に言った一郎の心も、どこかもどかしい気持ちだった。


仕事中、由季はボーッとして、寛子に怒られることが多くなった。

休憩中、里子が思い出したように言った。

「最近、入所した渡辺《わたなべ》さんっているでしょ。その人の娘さんが毎日面会に来るらしいよ。面会時間過ぎても、なかなか帰ろうとしないんだって」

その帰り、夜七時頃、由季と恵美子は「渡辺」と書かれた表札の病室を覗いてみた。老婆《ろうば》と、ずいぶん若い女性がいる。

「お母さん、早く元気になってよ」

「うるさいな。私だって、好きでこんなとこ入ったんじゃないよ。だったら、あんたが私の面倒見ればよかったんだよ」

「そんなこと言ったって、私は働いてるんだから、ずっと、お母さんを見てられるわけないじゃない」

どこにでもあるような親子喧嘩。女性は由季と恵美子の存在に気付き、慌てた。

「あ、ごめんなさい。すぐ帰ります」

「いえ、私たち、ヘルパーじゃないんです」

女性に軽く礼だけすると、二人はそこを離れた。

しばらくして、忘れ物をした由季だけが戻ってきた。病室にはまだ女性がいた。

「あ、すみません。まだ……」

「いえ……」

女性は由季の方へ体を向けると、重い口を開いた。

「三十七年間、ずっと母と二人きりだったから、よけい悲しくて。父は私が産まれる前に死んじゃったものだから。私にも本当は娘が一人いるんだけど、十六のときに産んで、捨てちゃったから」

「え?」

由季は耳を疑った。

「恵美子っていうんだけどね、相手も十六で同じクラスの子でね。育てる力がなくて、彼の両親に任せたの。でも、恵美子を手放したこと、ずっと後悔してた」

恵美子の母親だと確信した由季は、おそるおそる問いただした。

「後悔、したんですか？」

「当然よ。自分のお腹を痛めて産んだ子だから」

「……気持ち、わかります」

由季は言う決心を固めた。

「実は私も……十六で子供を産んでるんです。今年で五歳になる息子です。堕《お》ろす勇気も育てる力もなくて、六歳年上の彼に託したんです。ずっと、子供のことだけが気がかりでした……」

「そう……そうよね」

相づちを打ってから、女性は切なそうに視線を落とした。

「今でも、恵美子は私を憎んでるんじゃないかって思ってね」

「そんなことありません！」

思わず、由季は叫んだ。自分と同じ体験をした女性だからだ。

由季が何か言いかけたとき、まだ帰ってなかったのか、入口に恵美子が立っていた。聞いていたのか、呆然《ぼうぜん》とし、まっすぐに女性を見つめている。

そして、ゆっくりと口を開いた。

「聞いていいですか？　あなたは渡辺真樹さんなんですか？　相手は大原孝っていって、十七の冬にバイク事故で死んじゃったんですよね？」

女性は大きく目を見開き、食い入るように恵美子を見つめ返した。

「……恵美子？　恵美子なの？」

コクンと恵美子がうなずくと、女性は涙目で恵美子に近付く。が、伸ばした女性の手を恵美子は振り払う。

「今さら、母親ぶらないでよ！　私のこと、捨てたくせに！」

驚いた表情で、女性が恵美子を見る。だが、しばらくの沈黙の後、恵美子はニッコリ微笑んだ。

「って、普通の子だったら、そう言うんだろうな。でも、私、普通じゃないから。正直、会えて嬉しいよ……お母さん」

恵美子の心の底からの素直な気持ちだった。母・真樹は二十一年ぶりの我が子の成長に涙を流さずにはいられなかった。

真樹はベッドの老婆に声をかける。

「お母さん、ほらっ、恵美子よ」

「恵美子？　ああ、藤田《ふじた》さんとこの恵美ちゃんか」

「何言ってるの、お母さんの孫じゃない」

そんな二人の会話に、恵美子が割って入った。

「お母さん、もう家には戻ってこないの？　お父さんだって、待ってるよ」

真樹は寂しそうにうつむく。

「……知ってるでしょ？　おじいちゃんとおばあちゃん、今でも私のこと憎んでるんでしょ」

「そんなこと……二人だって、きっと、お母さんに会いたがってる」

「嘘言わないで！　今さら、どんな顔して会えって言うの!?」

急に真樹が大声で叫び、恵美子は驚いた。

「二度と会わない方が、お互いのためなのよ。恵美子も私と会ったこと、おじいちゃんとおばあちゃんに言っちゃ駄目よ」

あんなに優しくて、大好きな祖父母が真樹を良く思っていないことは恵美子も知っていたが、二度と会わないなんて、これほどまで悲しいことはなかった。

だが、帰り道、恵美子は由季に対してワザと明るく振る舞った。

「まさか、こんなとこで再会するなんて、世間は狭いんだね。でも、もっと驚いたのは由季が十六で子供を産んだってことだよ。超ビックリしちゃった」

「ごめん、隠してるつもりはなかったんだけど、言いづらくて」

由季は申し訳なさそうに、下を向いた。

「そうだよね。言う必要もないもんね。でも、私たちの間で隠し事は嫌だな。どんな小さなことでも何でも話してほしい」

「……うん」

そう言ったものの、今さら一郎が気になるなどと、大切な恵美子を裏切る気がして、言えるはずがなかった。

仕事が休みだった日の夕方五時頃、由季は買い物帰りに公園の前を通った。

空は薄暗かったが、一人、ボールで遊んでいる小さな子供の姿が見える。

ふと、由季の足元に、ボールが転がってきた。由季はそれを拾い上げると、走ってきたその子供に笑顔で手渡した。

「はい」

「ありがとう、お姉ちゃん！」

「一人で遊んでるの？　もうすぐ暗くなるけど、お家の人は？」

「もうすぐ、お父さんが迎えにくるの」

「そう。じゃ、お父さんが来るまで、一緒に遊んであげようか？」

「うん！」

由季と子供はボールの投げ合いをして遊んだ。お互い楽しそうだ。

三十分ほど経った。由季は公園の大きな時計を見上げて、心配そうに子供に問いかける。

「お父さん、遅いね。お母さんは？」

「僕、お母さん、いないんだ。お父さんと二人なの」

「あ、そうなんだ。僕、いくつ？　名前は？」

「竹島隼人、五歳！」

「え？」

一瞬、空耳かと思った。だが、向こうから若い男性が走ってくるのが見えて、由季は確信した。

「隼人！　ごめんな、遅くなって」

一郎だった。二人はお互い顔を見合わせ、目を丸くして言葉を失っている。

一郎が隼人に、お姉ちゃんと話があるからもう少しだけ遊んでてくれと言うと、由季を引っ張って隼人から遠ざけた。

再び、一人、ボールで遊ぶ隼人の姿を遠目に見ながら、由季が口を開く。

「……隼人には私のことは言わないで」

「わかった。由季がそう望んでるなら、言わないよ」

「母親のことは、何て言ってあるの？」

「理由があって、一緒には暮らせないって。本当は寂しいはずなのに、いつも陽気で明るくて、でも、幼稚園でもいじめられてないみたいだし」

一郎は由季の顔をじっと見つめた。

「……由季、ごめんな。でも、迷惑かけるつもりはないんだ。由季には
ちゃんと彼がいるしな」

「え？　どういう意味？」

しかし、一郎は由季の問いには答えず、隼人の元へ駆け出す。

「隼人、帰ろうか」

一郎はそのまま隼人の手を引いて、由季を振り向かずに去っていった。

翌日、由季はまったくといっていいほど、仕事に手がつかなかった。
昼食を終えてから、由季は外に出た。ボーッと空を眺めていると、見
かねた雅斗が声をかけてきた。
「よっ！　どうした？　ボーッとして」

「ちょっと、考え事」

「悩みでもあるのか？　じゃ、その悩みをパーッと忘れるために、今度、映画でも見に行かない？」

「え？」

言ってから、二人は顔を見合わせ、同時に赤くなった。

「あ、一応、デートの誘いなんだけど……」

「……ごめん、私、彼いるから……」

「え、そうなの？　何だ、そうだよな。彼、いない方がおかしいよなー。アハハ、ごめん、ごめん」

ワザと明るく振る舞って、雅斗はその場を去った。入れかわりに、恵美子がニヤニヤしながら来る。

「見たよ～！　いくら中学の同級生っていっても、やけに親しいよね。

あんまり、親しくしてると、里子さんに目つけられちゃうぞォ」

恵美子はさらに続けた。

「でも、あの人は若くて可愛い人なら誰でもいいんだけどね。高島君って童顔《どうがん》だし、愛嬌あるキャラクターだもんね。どっちかってゆうと、守ってほしいっていうより、守ってあげたいタイプだもんね」

確かにそうだと、由季は思わず笑った。中学のときの雅斗は同性の友だちより、女の子と一緒にいる方が多かった。

「でも、こんなとこで愛の告白するなんて、高島君って変わってるよね。ぜんぜん、ロマンチックじゃな〜い」

「あ、私、実は中学のときに一度、高島君に告白されてるんだ。フッちゃったけど」

由季の発言に、恵美子はえっと目を丸くした。

「そうなの!?　でも、その頃って、まだ金井先生に会う前だよね?　付き合ってる彼がいたとか?　ほかに好きな人がいたとか?」

「う、うん、まあ……」

また、由季は曖昧に答えておいた。

「そっか。あ、そういえば、前に由季がいっちゃんと一緒にいるとこ、偶然見たんだけど。いっちゃんなんて、親しそうに呼んでさ。前から知り合いだったの?」

「あ……うん、まあ」

恵美子が不思議そうな顔をしたので、由季は悟られないかと焦った。

数日後、由季は一郎に喫茶店へ呼び出された。由季はレモンティーを、一郎はコーヒーを注文する。

一郎を前に、由季は胸の奥がドキドキしている。それは一郎も同じ様だ。

注文したコーヒーを一口飲むと、一郎は静かに口を開いた。

「ごめん、急に呼び出して。どうしても、話しておきたいことがあって。本当はこんなこと言いたくなかったんだけど、俺のなかで納得いかなくて」

ずいぶん、話しづらそうだ。一郎はもう一口、コーヒーに口をつけた。

「俺、由季にこうして再会したこと、偶然じゃなくて、運命だと思ってる」

「運命……？」

由季は一口もレモンティーを飲んでいない。

「この五年間、ずっと恋人を作らなかったのは、好きな人ができなかったからでも、隼人のことが相手の重荷になるのが怖かったからでもない。

……ずっと、由季のことが忘れられなかったからなんだ」

「……え？」

思いもしない一郎の言葉に、由季は一瞬、ためらった。

「由季のことは一度だって忘れたことなかった。恵美子ちゃんはすごくいい子だよ。もし、由季に再会したのがもう少し遅かったら、彼女のこと、本気で好きになってたかもしれない。でも、由季に再会して気付いたんだ。やっぱり、今でも由季のことが好きだって」

驚きながらも、由季は慎重に言葉を選んでいく。

「……本当に？　私も……いっちゃんのことが好き」

「いいよ。流れに合わせて、無理にそう言ってくれなくても」

「嘘じゃないよ。ずっと、いっちゃんのこと心のどこかで引きずってた。

再会したとき、すごくドキドキしたし、いっちゃんと恵美子が付き合ってるって知ったときも嫉妬《しっと》したんだよ……」

由季と一郎はお互い見つめ合った。

「……由季、由季にまだ、その気があるなら、俺たち、もう一度やり直さないか？　結婚して、隼人と三人で暮らそう」

まっすぐな一郎の言葉に、由季は力強くうなずいた。

すぐに、二人は恵美子を呼び出した。

恵美子はきょとんとした顔をしている。

「どうしたの？　二人揃《そろ》って、大事な話があるって。そんな、マジな顔して」

一郎の顔をチラッと見てから、由季は緊張した面持ちで口を開いた。

「前に言ったよね。私が十六で子供を産んだこと……」

「うん、聞いたよ」

「相手……実はいっちゃんなの。……再会して、まだいっちゃんが好きだって気付いたときはもう恵美子といっちゃんは付き合ってて、なかなか言えなくて……」

消えていくような由季の言葉を、一郎が引き取った。

「俺も由季と同じ気持ちだった。俺たち、決めたんだ。結婚して、隼人と三人で暮らそうって」

「ごめんね、恵美子……ごめんね……」

恵美子の顔もまともに見れず、由季は懸命に謝った。しかし、恵美子の反応は意外にも冷静だった。

「……うん。なんとなく、気付いてたよ。もしかしたら、隼人君は由季が産んだ子じゃないかって。それと、二人はまだお互い好き同士なんじゃないかってことも。わかってたからそんなにショックじゃないみたい」

「許してくれるの？　私たちのこと」

「許すも何も、二人は両思いなんだから、仕方ないじゃん。私の入る余《よ》地《ち》なんかないし」

顔は笑っているものの、恵美子が本当は辛いことぐらい、由季にはわかっていた。


それから、由季は恵美子と共に精神科医院に行った。一郎とのこと、十六歳で出産したことを尚悟に全て話す。尚悟の表情がだんだんと曇っていく。

「……そっか。由季と付き合ってて、浮かれていたのは俺だけか……」

「そうじゃないの。私、遊びで尚悟君と付き合ってたわけじゃない」

「わかってるよ。わかってるけど……」

辛そうな尚悟を見て、やはり辛そうな顔で恵美子が由季をかばうように言った。

「金井先生、由季も本当のこと言うのに、ずっと悩んで辛かったんだと思う。その気持ちだけはわかってあげてね」

「……仕方ないよ、そういうことなら。でも、俺はこれからもずっと、由季とは友だちとしてでいいから、付き合っていけたらと思う」

「尚悟君、私……」

由季が何か言おうと、うつむいていた顔を上げたとき、激しくドアを叩く音がした。ドアを開けたとたん、血相を変えて、千里が尚悟に飛びついてきた。

「先生っ！　未久が……未久がまだ帰ってこないのよ！」

その言葉に、尚悟も驚いた。

「帰ってこないって……もう、八時過ぎてるんですよ」

「こんな時間まで帰ってこないなんてことは絶対になかったし、未久の行きそうな場所、捜したんだけど、どこにもいなくて。もしかしたら、ここかなって思って……っ」

いつもの冷静さを失い、千里は尚悟の肩をゆすぶっている。

「落ち着いてください、島津さん。もう一度、捜してみましょう」

結局、由季も一緒に捜すことになった。

公園の土管のなかに丸まっていた未久を、由季が見つけた。

捨てられた子犬のような目で、お母さんには言わないでと言う未久だったが、そういうわけにもいかないからと由季は尚悟と千里に知らせた。

飛んでくるとすぐに千里は未久に歩み寄り、その頬を手のひらで力いっぱい張った。

「今まで、どこで何してたの！　お母さんがどれだけ心配したと思ってるの！　勉強もしないで、こんなとこで遊んでていいと思ってるの！」

叩かれた頬を押さえながら、未久は千里を睨みつけ、負けじと言い返した。

「お母さんは世間体のことだけが心配なんだ！　何かあれば勉強、勉強って。お母さんなんか嫌いだ！」

「誰に向かって、そんな口の利き方をしてるの！」

再び、未久に手を上げようとした千里の手首を、尚悟がつかんで止めた。

「島津さん、未久ちゃんの言うとおりですよ。あなたは人の目ばかり気にして、一番大事な未久ちゃんの気持ちを考えてない。未久ちゃんがどんな気持ちで家出したか、わからないんですか？」

尚悟は手を放した。

「今日はもう遅いし、また今度、ゆっくり話しましょう。今度は二人で。それじゃ、失礼します」

千里に一礼だけすると、尚悟はその場をあとにした。尚悟の後ろを、由季が島津親子を気にしながらも追いかける。

由季と尚悟は並んで、夜道を歩く。

「ごめん、由季にまで捜してもらって。家の人、心配してるよな」

「ううん、大丈夫。私も未久ちゃん心配だったし、無事で良かった」

「島津さんが血相変えて乗り込んできたとき、三年前のこと思い出したよ。由季と初めて会った日のこと。あの日も由季のお母さんが、由季と一緒に駆けつけてきたんだよな」

「そう。私、高三で、将来のことがすごく不安で、有名な精神科の先生がいるって聞いて、佐藤《さとう》先生に話を聞いてもらいたかったんだよね」

尚悟が今の精神科医院に来る前は佐藤明介《あきすけ》という四十歳の医師が切り盛りしていた。今は家庭の都合で実家に帰っているのだが。

その頃、尚悟もカウンセラーとして勤めはじめたばかりだったのだが、由季が来院したとき、佐藤は留守で、由季と尚悟は向かいあったまま、ずっと沈黙していた。

尚悟は思い出し笑いをした。

「言ってなかったけど、俺、あのとき、由季に一目惚れだったんだよ」

「そうなの？」

初めて聞く告白に、由季も照れた。

一郎は河野家の玄関の前に緊張した面持ちで立っていた。その横で、心配そうに由季が一郎に声をかける。

「いっちゃん、大丈夫？」

由季の横には隼人もいる。由季の両親に結婚の挨拶をするために来たのだ。

だが、五年前、光男に殴られて以来の再会となる一郎はなかなか家のなかに入る決心がつかない。確かに、娘が十六で妊娠すれば、父親が相手の男を殴りたくなるのは当然だろう。

先に、由季が入った。

「ただいま……」

光男の姿はなく、利絵一人のようだ。

「おかえり、由季ちゃん。今日は遅かったのね」

「お父さんは？」

「光っちゃん、残業で遅くなるって。でも、もうすぐ帰るって、ちょうど今、連絡があったとこ」

「そう。ね、利絵ちゃん。今、大事なお客様が来てるの」

由季が手招きすると、一郎と隼人がオズオズと顔を出した。

「どうも、ごぶさたしています」

それが誰か、利絵にはすぐにわかった。

「まさか……一郎君!?　まー、いい男になって」

「利絵ちゃん、この子が隼人。今年で五歳になったの」

由季が紹介すると、利絵はさらに目を輝かせた。

「まあ、大きくなって。おばあちゃんよ」

利絵にとっても、五年ぶりの孫との再会である。

「でも、三人でここに来るってことは、あなたたち、まさか……？」

由季と一郎は同時にうなずく。

「そう！　良かったじゃない、おめでとう。いつかはこうなるんじゃないかと思ってたわよ」

「でも、お父さん、許してくれるかな」

不安そうな由季とは対照的に、利絵の答えは明るい。

「大丈夫よ。あのときは、まだ由季ちゃんが十六の高校生だったから反対したわけで。今は立派な大人なんだし、光っちゃんだってわかってくれるわよ。わかってくれなかったら私が力ずくでもわからせるわよ」

利絵はポキポキと指をならした。頼もしいなと、由季は思わず微笑んだ。

と同時に、玄関の開く音がした。光男が帰ってきたようだ。光男が居間に顔を出すと、一郎は緊張しながらも、礼儀正しく深々と頭を下げた。

「お久しぶりです、竹島一郎です」

「竹島……？」

光男の脳裏に、五年前の記憶が蘇《よみがえ》ってくる。光男が思い出すより早く、由季が口を開いた。

「お父さん、私たち、結婚して、やり直そうって決めたの。やっぱり、お互い忘れられなくて……」

「お義父さん、必ず幸せにします。由季さんを下さい！」

一郎はその場で土下座した。光男はしばらく、一郎を見下ろしていたが、ゆっくりと重い口を開く。

「……そこまでして、娘を幸せにする自信があるのか？」

「はい」

「……わかった。由季を頼んだよ」

また、殴りかかるんじゃないかと思っていたが、あっさりとした光男の返事に、由季も利絵も意外だという顔をした。

「由季はもう、十六だった子供じゃない。二人で決めたことだ。由季を幸せにしてやってくれ」

緊張していた空気から、ホッと安堵《あんど》の声がもれた。

由季は恵美子の母、真樹に、一郎と結婚することを伝えた。二人は公園のベンチに座っている。

「じゃ、彼とやり直すことにしたんだ？」

「はい」

由季の嬉しそうな顔に、真樹も思わず微笑む。

「良かったわね、おめでとう」

「ありがとうございます」

「子供さん……隼人君だっけ？　幼稚園でいじめられたりしてない？」

「え？」

思わず、由季は聞き返す。真樹は慌てた様子になった。

「あ、恵美子は小学校まで悪口言われていたって聞いたから。両親がいない、母親が十六のときに産んだ子だって」

「隼人は大丈夫みたいです。明るくて、活発で、友だちも多いみたいで」

「そう。それは良かった。でも、私、由季さんがうらやましい」

「私がですか？」

うつむいて、どこか元気のない真樹の顔を由季は心配そうに覗き込んだ。

「私たち、同じ十六歳で子供産んで、お互い手放してるでしょ。由季さんは彼とやり直して、子供と暮らす日がきた。でも、私は彼を十七歳で失ってるし、彼の両親にも今だに嫌われてるから……」

どう返事していいのかわからず、由季は黙り込んだ。沈黙が続く。真樹は慌てた。

「あ、ごめんなさいね。もうすぐ、結婚だっていうのに暗い話して。由季さん……幸せになってね」

同じ立場だが、自分より真樹の方がずっと辛いんだと、由季は思った。

文芸社の本をお買い求めいただき誠にありがとうございます。
この愛読者カードは今後の小社出版の企画等に役立たせていただきます。

本書についてのご意見、ご感想をお聞かせください。
①内容について

②カバー、タイトル、帯について

弊社、及び弊社刊行物に対するご意見、ご感想をお聞かせください。

最近読んでおもしろかった本やこれから読んでみたい本をお教えください。

今後、とりあげてほしいテーマや最近興味を持ったニュースをお教えください。

ご自分の研究成果や経験、お考え等を出版してみたいというお気持ちはありますか。

ある　　ない　　内容・テーマ（　　　　　　　　　　）

出版についてのご相談（ご質問等）を希望されますか。

する　　しない

ご協力ありがとうございました。

※お寄せいただいたご意見、ご感想は新聞広告等で匿名にて使わせていただくことがあります。
※お客様の個人情報は、小社からの連絡のみに使用します。社外に提供することは一切ありません。

郵便はがき

料金受取人払郵便

新宿局承認

6911

差出有効期間
平成21年7月
31日まで
(切手不要)

1 6 0-8 7 9 1

843

東京都新宿区新宿1－10－1

(株)文芸社

愛読者カード係 行

ふりがな お名前			明治 大正 昭和 平成 年生 歳		
ふりがな ご住所	□□□-□□□□			性別 男・女	
お電話 番 号	(書籍ご注文の際に必要です)	ご職業			
E-mail					
書 名					
お買上 書 店	都道 府県 市区 郡	書店名	書店		
		ご購入日	年 月 日		

本書をお買い求めになった動機は?
1. 書店店頭で見て 2. 知人にすすめられて 3. ホームページを見て
4. 広告、記事(新聞、雑誌、ポスター等)を見て (新聞、雑誌名)

上の質問に1. と答えられた方でご購入の決め手となったのは?
1. タイトル 2. 著者 3. 内容 4. カバーデザイン 5. 帯 6. その他( )

ご購読雑誌(複数可)	ご購読新聞 新聞

三章

由季と一郎は結婚式をあげることはせず、身内だけのパーティーをした。恵美子も出席してくれて、由季はささやかだけど、幸せを感じていた。

由季と一郎の結婚生活が始まった。

一郎より少し早く起きて、由季は朝ごはんの準備をする。エプロンをして、奥様気分の由季は恥ずかしさと嬉しさの両方を組み合わせた複雑な気持ちだった。

「おはよう、いっちゃん」

「おはよう、由季」

二人はお互い、朝一番に満面の笑みで挨拶をかわした。

朝が苦手な由季も、一郎の顔を見ると、一気にパワー全開になる。

「朝ごはん、できてるよ」

食卓に並んだ三人分の焼きたてのトーストに目をやった一郎は、思わず声を上げげた。

「あれっ？　パンか。俺、いつも朝はごはんって決まってるんだよ。パンだと力でないし、栄養もかたよるから。隼人も必ずごはんなんだ」

「そうなの？　ごめん、知らなくて。ウチではいつもパンだったから……。明日からはごはんにするね」

「いや、いいんだ。由季の好きにしていいから」

いつもの穏やかな笑顔で、一郎は言った。


由季と一郎とのことに、恵美子の傷もすっかり癒《い》えつつあった。今では、由季をおもしろがってからかうことも多い。

一郎への呼び方も「いっちゃん」から、「竹島さん」へと変わった。

その由季から、前に真樹に会ったこと、本当は娘と一緒に暮らしたいんだと思う、と伝えられた恵美子は、祖父母にそれとなく聞いてみた。

「おじいちゃん、おばあちゃん。言ってなかったけど、私、前にお母さんに会った」

「え？」

とたんに、二人の顔色が変わった。

「お母さんのお母さんが老人ホームに入所してきて、そこでお見舞いにきたお母さんと偶然会ったの」

「それで？　何、話したの？」

律子は怖い顔で、恵美子を睨みつける。

「そんな、話ってほど話してないけど……ね、お母さんも一緒にここで住めないかな？」

「何ですって？」

「向こうが一緒に住みたいと言ったのか？」

律子の目つきがより厳しくなり、博司も食らいついてきた。

「そうは言ってないけど、でも、お母さん、きっと一緒に住みたいと思ってるんだと思う」

「あのね、あの人は恵美子を捨てた母親なのよ」

「そうだけど、私を捨てたこと、後悔してたって言ってたし」

恵美子も負けじと真樹をかばうが、律子の口調はさらに激しくなる。

「後悔するくらいなら、最初から産まなきゃよかったのよ」

「しょうがないよ。だって、十六だったし、堕ろす勇気もなかったんだよ。お母さん、十七でお父さんに死なれて、自分の母親もあんなふうになって、今まで辛い思いしてきたんだと思う。だから……」

「冗談じゃないよ！」

ついに、律子の怒りが爆発した。

「あんな女、私は一生許すつもりはないよ！　二度と顔なんて見たくないよ！」

「律子、そんな言い方しなくても……」

あまりのひどい言い方に、博司が止めに入るが、律子は機嫌悪そうにその場から出ていった。

　恵美子が初めて見た祖母の姿だった。

　恵美子は精神科医院に来て、尚悟に相談していた。

「ふうん、それで、恵美子ちゃんのおじいちゃんとおばあちゃんはお母さんが一緒に住むことに反対してるんだ？」

「うん……」

　恵美子の表情は元気がない。

「でも、母親に捨てられたのに、一緒に住みたいだなんて、恵美子ちゃんは心が広いんだな」

「だってさ、お母さんや由季の話聞いてたら、捨てられた子供より、捨てた親の方が本当は辛いんじゃないかって思ってさ」

「へえ……見かけによらず、恵美子ちゃんて大人なんだね」

元気づけようと、尚悟はからかうように言った。

「何それ？　私、もう二十一だよ。立派な大人じゃん」

「いや、由季と同じには見えないからさ」

「どうせ私は由季と違って、子供っぽいよーだ」

「そうやって、ムキになるところが子供だよ」

「金井先生のいじわるっ」

プッと頬をふくらませた恵美子がおかしくて、尚悟は大笑いした。

「そういえば、金井先生、家族は？　そういう話って聞いたことないよね」

「ああ……たぶん、この世のどこかにいるんじゃないかな」

「え？」

言っている意味がわからなくて、恵美子は思わず聞き返した。

「恵美子ちゃんには言ってなかったけど、実は俺……記憶を失ってるんだ」

「は？」

恵美子が尚悟を見ると、尚悟は真剣な顔をして、自分を見つめていた。

さっきの笑いはどこへいったのか、少しも笑みを浮かべることはなく——。それが、恵美子には余計に怖かった。

「何言ってんの。金井先生でも、マジな顔して冗談言うんだ。おっかしー！　キャラ違うじゃん」

逃げるように、恵美子は帰ろうと立ち上がった。が、慌てるあまり足がからまり、前に倒れそうになる。

とっさに、尚悟が支えた。顔を上げると、尚悟の顔が十センチ近くにあった。二人はお互い真っ赤になり、慌てて離れ、しばらく何も言わずに呆然としていた。

恵美子は由季と里子に話した。

「それって、ビックリしたんじゃなくて、ドキドキしたのよね？　だったら、恋よ」

里子が得意気に、人差し指を立てた。が、恵美子は否定する。

「恋？　私が金井先生に？　ありえないでしょ。だって、金井先生は最近まで由季と付き合ってたんだよ。私も一応、竹島さんと付き合ってたし」

「でも、二人が結婚するって聞いたとき、そんなにショックじゃなかったんでしょ？　それは本気の恋じゃなかったのよ。恵美子ちゃんはこれから、本気の恋をしようとしてるの。その相手が彼よ」

「恵美子、最近、尚悟君といる時間が多くなったよね」

由季もからかい、恵美子の顔はみるみるうちに真っ赤になった。

そんな恵美子を、由季は微笑ましく見ていた。


夕食時、テーブルにはおいしそうな由季の手作り料理が並べられている。三人で食卓を囲み、一郎はふと声に出した。

「あれっ？　サラダにマヨネーズかけたの？　俺は必ずしょうゆって決まってるんだよ」

「そうなの？」

「このハンバーグ、チーズがのってないよ」

横から隼人も口を出す。

「隼人はチーズのせハンバーグが好きなんだよ。それと、俺はケチャップよりソース派なんだ」

「ごめんね、何も知らなくて……」

一郎が食べ物の味付けにこだわりがあるのは知っていたが、由季はどこか寂しい気持ちだった。


すっかり真冬となり、大雪が積もった。外は吹雪で、息ができないほどだ。

「ただいまー」

やっとの思いで、恵美子が仕事から帰ってくる。だが、聞こえていないのか、律子は仏壇《ぶつだん》の前に呆然と座っていた。

写真のなかの少年が笑っている。

「あっ、そっか。今日はお父さんの命日だっけ」

「孝が死んだのも、こんな吹雪の日だった」

「おばあちゃん、前から気になってたんだけど、その写真の男の子、誰？」

恵美子は仏壇の横の小さな写真を指さした。八歳ぐらいの男の子がピースをしている。孝ではないようだ。

「ああ……言ってなかったけどね、年の離れた孝の弟なのよ。つまり、恵美子の叔父さん。今、二十七ぐらいかな。でも、遠い親戚の家で暮らしてて、ずっと連絡ないのよ」

「ふうん……」

寂しそうな律子に、恵美子はそれ以上の追及はしなかった。

夜の七時を過ぎても、一郎が帰ってくる気配はなかった。食卓につ いて、隼人がお腹をすかせている。

一郎からの連絡も一度もない。

「いっちゃん、遅いな。七時までには帰るって言ってたのに。隼人、先に食べてよっか？」

「ううん。お父さんが帰ってくるまで待ってる」

隼人はお腹の鳴る音を我慢しながら、暗い声で応えた。

結局、一郎が帰ってきたのは九時を過ぎていた。一郎の姿を見るなり、由季は玄関で怒った声を出す。

「こんな時間まで何してたの？　もう、九時過ぎだよ」

「職場の飲み会が長びいてさ」

平然と一郎は言った。

「隼人、いっちゃんが帰ってくるまで待ってるの一点張りで。でも、待ちくたびれて、さっき寝ちゃったよ」

「ああ、前まではこんなことなかったんだけど。ほらっ、隼人一人だから早く帰らなきゃって気持ちがあって。でも、今は由季がいるだろ。だから、安心するっていうか」

一郎は反省の色一つ見せなかった。一郎って、こんな人だったっけ？

由季は徐々にすれ違いを感じ始めていた。


そのことを、尚悟に相談してみた。抵抗はあったが、医院の患者として。尚悟は真剣に聞いてくれた。

「……ふうん、そっか。由季、大変なんだ。でも、恋人同士のときはうまくいってたのに、結婚して一緒に暮らし始めたとたん、お互いの意見がくい違って、すれ違いばかりだってよくある話だよ。みそ汁の味一つで喧嘩になる夫婦も少なくないし」

「……」

落ち込んで、うつむいている由季を、尚悟は懸命に励ます。

「それは、由季が悪いわけじゃないだろ。夫婦っていっても、一人一人違う人間なんだし、意見のくい違いがあらわれるのは当然だよ。少しずつ、二人で話し合っていけばいいんだから」

「……うん、そうだね」

あまりの尚悟の優しさに、由季は一瞬、気の迷いが生じた。

「私、どうして、尚悟君のこと好きになれなかったんだろう。いっちゃんがいなければ、きっと尚悟君を好きになれたのに」

「それは、もう言わない約束だろ」

急に愛《いと》おしくなって、尚悟は突然、由季を抱きしめた。由季の胸は一気に高鳴る。

「俺……ずっと、由季の味方だから」

そのとき、運悪く、恵美子が入ってきた。二人の抱き合っている姿を見た恵美子はつい、引き返す。とっさに由季が追いかけた。

「恵美子、待って！」

由季は夢中で恵美子の腕をつかんだ。振り向いた恵美子の目には涙がたまっている。

「ひどい！　由季、ひどいよ。結婚生活が上手くいかないからって、金井先生に戻るなんて。由季って、そんな人だったんだ」

「今のは誤解、違うの」

「抱き合ってたじゃない！　言い訳しないで。由季とはもう絶交よっ」

由季の手を振り払い、恵美子はそのまま走り去っていった。

職場でも、口を利かない日が続いた。由季が話しかけても、恵美子は一方的に無視し続ける。

「恵美子！　どうして、ちゃんと聞いてくれないの！　誤解だって言ったじゃない。いっちゃんとすれ違いばかりで、カウンセラーとして尚悟君に話聞いてもらってたの。何でわかってくれないの？」

追いかけながら叫んでも、恵美子はスタスタと歩き続ける。

そのとき、由季は暴走してくるバイクに気づいた。

「恵美子、あぶない！」

とっさに、由季は恵美子をかばったが、二人とも転んでしまい、由季だけがケガをした。バイクは二人に気付かず、そのまま去っていった。

病院の治療室から、由季が松葉杖で出てきた。左足には痛々しく包帯が巻かれている。軽い捻挫で全治一週間だそうだ。

恵美子は申し訳ない顔で、由季を見た。

「由季……ごめんね。私、由季にひどいこと言ったのに、由季はかばってくれて……」

「ううん。謝るのは私の方。ホントにごめんね」

「私、由季に嫉妬してた。由季ばかりがもてるから悔しくて、つい当たり散らして……ごめん……」

二人は仲直りの握手をした。

由季は偶然、道で律子と会った。

「こんにちは」

慣れない松葉杖で、由季はふらつきながら律子に頭を下げる。

「足の怪我、大丈夫？　ごめんね、恵美子のために。強情なところは私と似てるんだから、やあね」

由季は何とも答えようがなく、かすかに微笑むと、それとなく聞いてみた。

「あの……恵美子から聞いたんですけど……真樹さんと一緒に暮らすこと反対してるって。私が真樹さんだったら、どんな理由があろうといつかは子供と一緒に暮らしたいって思います」

律子も由季の過去のことは、恵美子から聞いていた。

「真樹さんの気持ちは、よくわかるんです。余計なおせっかいかもしれないけど、真樹さんのこと、許してあげて下さい」

律子は何も言わなかった。

毎年、恵美子の誕生日は家族三人で盛大に祝っている。今年はたくさん、人を呼びたいと恵美子が言った。

由季はもちろん、一郎、隼人、尚悟も呼んだ。

御馳走《ごちそう》は全て、律子の手料理である。初対面である隼人や尚悟は自己紹介した。

「尚悟？　尚悟なの？」

尚悟の名前を聞くなり、律子はじっと尚悟を見つめた。尚悟は不思議そうな顔だ。

「そうですけど……？」

「あなた、年は二十七？」

「はい」

「尚悟！　まさか、あなたの方から会いに来てくれるなんて！」

突然、律子の表情は輝いた。

「立派になったな、尚悟」

横から、博司も尚悟の肩を叩く。だが、尚悟はもちろん、由季や恵美子はきょとんとした顔だ。

「おじいちゃんもおばあちゃんも金井先生と知り合いなの？」

恵美子が聞くと、律子は爽《さわ》やかに答えた。

「知り合いもなにも、尚悟は私たちの息子よ。恵美子の叔父さん。写真の男の子！」

「え——!!」

恵美子は素っ頓狂な声を上げた。

「……尚悟、お前はまだ、わしらのことを憎んでいるかもしれないが、わしらはお前に会えて嬉しいよ」

舞い上がる律子とは対照的に、博司は冷静だった。なんのことだか訳がわからず、とまどう尚悟を見かねた由季が口を開いた。

「あの……おじさん、おばさん。恵美子やいっちゃんにも言ってなかったけど……」

由季は確認のため、尚悟を見た。尚悟は黙って、うなずく。

「実は……尚悟君は十八のときから、記憶を失ってるの」

「え？」

問い返したのは誰だったかわからない。

「私も尚悟君と出会ってから聞いたんだけど、十八のときにバイクの事故で、意識不明になって、目が覚めたときには今までのこと何も覚えていなかったんだって」

由季は切なそうにうつむいた。

尚悟は懸命にカウンセリングに関する勉強をし、カウンセラーとして働くことができたのだ。

「それからは、そのときに助けてくれた精神科医の佐藤先生にお世話になってるって……」

「自分の家族も、どんな人間だったのかも、自分の名前でさえ覚えていなくて……。でも、その時持っていたキーホルダーに名前が入っていて……。それで自分の名前だけはわかったんだ」

ポツリと尚悟がつぶやく。皆、信じられないという表情で、立ちつくしていた。

恵美子はショックだった。尚悟が記憶を失っていることより、尚悟が自分の叔父さんであることに。

尚悟を好きになりかけていただけに、なおさら辛かった。

ただでさえ失敗が多いのに、よけいに職場で寛子に怒られていた。

尚悟は大原家に再び足を運んだ。律子に自分がどんな人間だったかを聞くために。

八年間しか一緒に住んでいなかったため、律子が知っているのは八歳までの尚悟だった。

二人は仏壇の前に座っている。

写真のなかの孝を見ながら、律子はポツリポツリと話し始めた。

「孝はね、小さい頃からものわかりのいい子だったのよ。大人しくて、引っ込み思案で、いつも人の後ろからくっついてくるタイプで」

律子は幼い頃の孝を思い浮かべ、懐《なつ》かしそうに目を細めた。

「でも、成績は優秀で、常に学年で上位に入るほどだったの。県内一のいい高校に入って、これから一流大学に入るために、頑張って勉強しなきゃってときに、同級生の子を妊娠させたって言うじゃない。それも、一度きりのセックスで。天地がひっくり返ったかと思ったわよ」

律子の口調は徐々に強く、少し怒り気味になる。

「私たちは孝と真樹さんに、二度と恵美子や私たちの前に現れるなって言ったのよ」

再び、律子の口調は冷静に戻り、本題に入った。

「尚悟はね、孝と正反対の性格だったのよ。孝はそうじゃなかったんだけど、夜泣きがひどくてね、何度も起こされて。幼稚園でも、活発で明るくて、自分がリーダーじゃないと気がすまない子だったの。小学生からは知らないけどね」

そう言われても、尚悟はすぐには思い出せない。尚悟は悪いと思いながらも、気になっていることを聞いてみた。

「あの……教えて下さい。どうして、俺は実の親であるあなたたちを憎んでるんですか？　俺、両親に会えば、何か思い出すんじゃないかってずっと待ってたんです」

律子の表情が、急に曇った。

「……孝が死んだのは、私たちの責任も同然だからよ」

「え？」

「一年後、孝が十七歳の冬に家に来たのよ。バイクの免許を取ったばかりだって、嬉しそうに生き生きしていた。でも、私は孝に二度と私たちの前に現れるなって言ったはずよ。今すぐここから出てけって、寒空のなかに追い出したの。

外はすごい吹雪だった。バイクにまたがって、何を考えていたのか、スピードの出しすぎで転倒して、そのまま……」

当時の記憶が蘇り、律子は手で顔を覆《おお》った。

「七歳だった尚悟の私たちを見る目が急に変わったの。『お兄ちゃんが死んだのは、お父さんとお母さんのせいだ』って。尚悟が八歳のとき、遠い親戚の人がこのまま一生一緒に暮らしていくのは無理だって、尚悟を引き取っていったの。

一度だけ、尚悟が中学に入る頃に会ったんだけど、まだ憎んでた。仕方ないのよ、孝が死んだのは私たちのせい。吹雪のなか、追い出さなければ孝は死なずにすんだのに」

とうとう、律子は声を上げて泣き出した。尚悟は可哀相な人だ、と思っていた。

由季と尚悟は会っていた。

「本当の両親に会ったら、何か思い出すかもって思ってたのにな」

寂しそうに、尚悟はつぶやく。

「……このまま、ずっと記憶が戻らなければいいって思う私は悪女なのかな」

「え？」

「なんか、記憶が戻ったら、尚悟君がいなくなっちゃうような気がして」

「どうして？」

「わからない。でも、なんとなく、そんな気がしただけ」

沈黙が流れた。尚悟は優しい目で、由季を見つめる。

「大丈夫だよ。たとえ、記憶が戻ったって、こうして由季と出会えたこと、由季を好きになったこと、その気持ちはずっと俺のなかで永遠だから。忘れないから」

由季も尚悟を見つめ返し、微笑んだ。

しかし、尚悟は思い出せず、イライラしていた。

「尚悟？　尚悟じゃねえ？」

突然、後ろから男の声が聞こえて、振り返った。仕事中なのか、交通整理の制服を着た尚悟と同じ年ぐらいの男性が怪訝《けげん》そうな顔で立っていた。

その男性に、尚悟は見覚えがない。

「やっぱり、そうだろ？　大原尚悟？　お前、今までどこで何してたんだよ？　俺はな、お前のせいで、さんざんひどい目にあったんだよ。周りの奴らに白い目で見られて、家族にも突き放されてよ。

最近、やっと、こうして働けるようになったんだ。俺はお前に会ったら、こらしめようと思ってたんだ。けど、まず、どういうつもりか説明してもらおうじゃないか。何であのとき、一人で逃げたんだ！」

記憶を失っているため、もちろん尚悟は突然、こんなことを言われても、何のことだかさっぱりわからない。

だが、今、尚悟の頭のなかで何かが弾けた。

「……和弘《かずひろ》……和弘なのか？」

尚悟は男の顔をじっと見た。そして、すぐにその場で土下座した。

「ごめん！　俺、十八のときから、ずっと記憶喪失だったんだ。和弘のことも、自分が誰なのかさえ忘れて、でも、たった今、思い出したんだ」

「あ？　お前、何訳のわかんないこと言ってんだよ。そんな嘘ついて、ごまかそうったって、そうはいかねえんだよ」

「嘘じゃないんだ！」

思い出した――。尚悟の頭のなかに、過去の記憶が蘇ってきた。


あれは、十八のとき――。

高校に入ってすぐに、尚悟はクラスメートの和弘と修《おさむ》の三人でアパート暮らしを始めた。

和弘は自分のやりたいことを見つけるため親元を離れ、修は両親は亡く、親戚の家で暮らしていたのだが、これを機に離れた。

それぞれ、バイトをしながら、三人で協力して生活を支えていたのだが、三年後、ついに生活は苦しくなった。

ごはんもロクに食べられなくなり、ある日、修が食べ物を万引きしたのだ。

尚悟と和弘は一喝したのだが、荒れ狂った修は和弘の首に手をかけ、尚悟がひきはなそうとしたとき、勢いあまって運悪く、修は後頭部をテーブルの角に激しくぶつけ、動かなくなった。

事故だったとはいえ、友達を殺してしまった罪悪感に、尚悟はパニックになり、バイクにまたがって、どこかへ去っていった。そのときに事故がおき、気づいたときには記憶を失っていたのだ。

その後は和弘が一人で罪を背負ったのだ。

そうだ、自分は殺人者だったんだ――。尚悟は全てを思い出す。

まだ、土下座をしたまま、尚悟は懸命に頭を下げ続けた。

「逃げたんじゃない。すぐ、戻ってくるつもりだったんだ。本当だ、信じてくれ」

和弘は何も言わず、じっと尚悟を見下ろしている。尚悟の言い分を信じられるはずもないが、尚悟の目は嘘をつく目ではなかった。

尚悟がどんな人間なのか、和弘はよくわかっていた。

だが、和弘はさらに冷たい言葉を尚悟にあびせた。

「俺はお前を一生許さない。たとえ、どんな理由があろうと、いつか絶対に復讐《ふくしゅう》してやるって思ってたんだ」

鋭く尚悟を睨みつけると、和弘は仕事場に戻っていった。尚悟は道端にはいつくばったまま、唇を噛《か》みしめていた。

尚悟は兄・孝の墓へ足を運んだ。墓を見つめながら、ひとり言のように話し始める。

「兄さん……俺、どうしたらいいんだろう。本当のこと、言うべきかな。けど、俺が人を殺しただなんて、父さんや母さんに知られたくない。特に由季には……」

尚悟は頭を抱えて、うずくまった。そのとき、どこからともなく声が聞こえた。

（尚悟……）

空耳かと思った。だが、今度はハッキリと、しかも姿まで見えた。高校生の孝であろう、微笑んでいる。

（尚悟……立派になったな。いつのまにか、俺の年をおいこして。恵美子ももう二十一だもんな。恵美子を見かけたけど、キレイになったよな。

さすが、真樹さんの子だ）

孝は尚悟を見つめ、語り続けた。

（本当はとっくに許してたんだろ？　父さんと母さんのこと。中一のときに会ったあの日も。素直に自分の気持ち、言えなかったんだよな。もし、ちゃんと言えてたら、あれから、また父さんと母さんと一緒に暮らしてたら、こんなことにはならずにすんだのに。人を過って殺さずにすんだのにって、今そう思ってるだろ？）

「……」

図星を指されて、尚悟は何も言えない。孝はさらに尚悟の心のなかをズバリと当ててきた。

（本当はあのとき、自首するつもりだったんだよな？　けど、その前に父さんと母さんに会いたかった。会って、今までの自分の気持ちを伝えたかった。

それから、和弘君のところへ戻って、警察に正直に言うつもりだった。でも、その途中、事故にあって、気がついたときにはこれまでの全ての記憶を失っていた。だから、二人に気持ちを伝えることもできず、和弘君も一人で罪を背負わなきゃいけなくなった)

「……俺、和弘には悪いことをした」

再び、尚悟は頭を抱えた。

(それは尚悟のせいじゃないだろ。記憶喪失になってたんだから、仕方ないよ。憎いとかそういうんじゃなくて、急にいなくなって、どこで何してるんだろう、無事なのかなとかそういう心配だと思うよ。ちゃんと話せば、和弘君だってわかってくれるよ。それに、尚悟の大事な人には本当のこと言った方がいいよ)

孝の優しい言葉に、尚悟は決心した。

「……兄さん。俺、警察に行くよ。みんなに本当のこと言ってから。どうなるかわからないけど」

（うん、それでいいよ）

「じゃ、俺、行くよ」

立ち上がり、歩き出した尚悟を、孝は慌てて呼び止めた。

（尚悟。俺のこの姿、尚悟にしか見えてないみたいなんだ。だから、どうしても頼みたいことがあるんだ）

「何？」

（父さんと母さん、今でも俺が死んだのは自分たちのせいだって思ってる。吹雪のなか、追い出したからって。でも、違うんだ。俺、ボーッとしてて、運転に集中してなかったから。自業自得《じごうじとく》だったんだ。だから、

もう俺のせいで、自分自身を追いこまないでほしいって伝えてほしいんだ)

孝は辛そうに、尚悟を見つめた。

「……わかった。兄さんがそう言ってたって、ちゃんと言うよ」

(俺、十七年しか生きられなかったけど、いい人生だったよ。一番嬉しかったのは、真樹さんと出会えて、恵美子が生まれたこと。二人が元気に生きてくれるだけで、それだけでいいんだ)

これ以上一緒にいたら、泣いてしまいそうで、尚悟も辛かった。その気持ちを察して、孝はかすれた声で突き放す。

(行けよ)

「……ありがとう、兄さん。さよなら……」

孝に背を向けて、歩き出したとたん、我慢していたものがこみあげ、尚悟の目から涙が溢れた。

その後は、尚悟の過去を知り、みんな大騒ぎだった。

「嘘でしょ!?　尚悟が人を殺したことがあるなんて……。せっかく、記憶が戻ったというのに……」

特に律子は取り乱していた。

「でも、殺意があってやったわけじゃないし、過失致死罪になるんでしょ?」

由季が心配そうに誰にともなく聞くが、誰も何とも言えない。

「……俺、さっき、墓地で兄さんに会ったんだ」

「え?　孝に?」

尚悟は孝の言葉を伝えた。

「兄さん、言ってたんだ。自分が死んだのは誰のせいでもない、自分自身のせいだ。だから、いつまでも自分を追いこむのはやめてくれって」

「孝がそんなことを？」

「それから、真樹さんのことも許してほしいって」

（俺、真樹さんと愛し合っていたんだ。恵美子は俺と真樹さんが心から愛し合って生まれた子なんだ。俺、二人とも大好きだから、俺の大事な人、父さんと母さんにも好きになってほしい）

ありのままの孝の言葉を尚悟から聞くと、律子は目頭を押さえた。

「孝……私、孝の話、何も聞かないで……」

尚悟は孝の姿をとらえた。寂しそうに、律子を見つめている。

「母さん、兄さん今、そこにいるよ。言いたいこと、言いなよ」

「……私が言いたいことは一つだけよ。たった一言なのよ……ごめんね。

ごめんね、孝……」

ついに、律子は泣き出した。思わず、恵美子も見えない父に向かって叫ぶ。

「お父さん！　私、お父さんの娘で良かったよ。お父さんのこと、大好きだから。私のこと、忘れないで……」

孝の霊も含め、その場にいる人全員、号泣だった。


尚悟が自ら警察に行く日、由季が見送りにきた。律子はあれから、すっかりショックで落ち込み、ずっと寝込んでいる。

「俺、考えてたんだ。記憶喪失になってなかったら、由季と出会えてなかったかもって思うと、そっちの方が怖くてさ。俺は由季に会えて、ホントに良かったよ」

「私も尚悟君に出会えて良かった」

「いつか、また戻ってくるから……」

「うん……」

二人は握手をかわした。名残惜しそうに、見つめ合っていた。


尚悟が警察に行ってから一週間が経ち、由季と恵美子は公園のベンチに並んで座っていた。

「金井先生、大丈夫かな。立ち直れるかな」

「大丈夫だよ、尚悟君なら」

「……そうだよね。なんてったって、あのおじいちゃんとおばあちゃんの子だもんね」

尚悟に対する恵美子の心の傷も、少しずつ消えつつあった。

「ねえ、恵美子のお父さんの姿、見えた？」

由季は意味深に聞いてきた。

「ううん、私、そういうの、ぜんぜん弱くて。由季は見えたの？」

「ハッキリじゃないけど、なんとなく」

「ホント？　え、どんな感じの人だった？」

興味津々に、恵美子は身を乗り出してくる。

「真面目で、優しそうな人だった。十七なのに落ち着いていて、今の恵美子より大人っぽい感じ」

「何、それ？　私が子供っぽいってこと〜？」

不機嫌そうに頬を膨らませた恵美子が、由季はおかしくて笑った。やっぱり、恵美子はからかうと面白い。

「でも、恵美子は強いね」

急に由季は真剣な表情になる。

「両親が十六のときに生まれたのに、恨《うら》んでないなんて」

「だって、それは仕方ないじゃん」

「それでもすごいよ。私が恵美子の立場だったら、きっとグレてた。親のこと、一生許せないかもしれない」

それでも、隼人が自分を恨んでいないことだけが、由季には救いであり、ホッとしていた。

「私、恵美子に出会って、恵美子や真樹さんの話聞いて、いろいろ勉強させられた。十六歳で出産して、捨てられた子供も、理由あって捨てた母親も同じくらい辛いんだってこと」

「それ、私も思った。今までは捨てられた子供の方が辛いに決まってるじゃんって思ってたけど、もしかしたら、捨てた母親の方が辛いんじゃないかなって。

ずっと、子供のこと気がかりで生きてるわけでしょ。私は母親のこと憎んだけど、今の生活が不幸せってわけじゃないもん。おじいちゃんとおばあちゃんがいたから」

恵美子は一呼吸おき、さらに続けた。

「でも、不思議だよね。私たち、同じ二十一でしょ。一人は母親が十六のときに生まれて一人は自分が十六のときに子供を産んで。そんな二人がこの広い空の下で偶然出会って、こうして話してるなんて。運命的なもの感じない？」

「うん」

「ま、でも、そういうの忘れようよ。私たちまだ若いんだし、パーッと忘れてさ」

平然と言い放ち、立ち上がった恵美子を、由季は一瞬だけ睨みつけた。

「忘れちゃいけないんだと思う。十六歳で出産するって、すごく大変なことだし、母親も子供も周囲からは変な目で見られるかもしれない。でも、私たちはそれを体験してるからこそ、その事実を一生忘れちゃいけないと思う」

いつになく真剣な由季の表情に、恵美子は何も言い返せなかった。

由季は思っていた。隼人が大きくなったら自分がどんな気持ちで十六歳で隼人を産んだのか伝えようと。

沈黙だけが二人を包み、周囲はそのまま時が流れていきそうなほど静かだった。

五年後

それから、五年の月日が流れた。

由季は一年前に調理員の仕事を辞め、今は近所の花屋でパートをしている。

由季のお腹はふっくらとふくらんでいた。そう、二人目を身ごもったのである。

恵美子はずっと仕事を続けていて、由季ともしょっちゅう連絡を取り合っている。相変わらず、二十六歳になった今でも、彼氏はできないようだ。

こうなったら、永久に記録を更新してやると、一人でくだらない逆ギレをしている。

由季も一郎も二人目の子供を待ち望んでいた。そして、隼人も生まれてくる弟か妹の誕生を楽しみに、心待ちにしている。


産婦人科で検診を終えた由季は、帰り際に思いがけぬ人物と出会った。

後ろから声をかけられ、由季は一瞬、誰だかわからなかった。

「由季さん！」

「……未久ちゃん？」

五年前、尚悟を慕い、母親と衝突《しょうとつ》し、精神科医院によく来ていたあの島津未久である。幼かった面影《おもかげ》は消え、すっかり大人びている。

「久しぶり、元気？　未久ちゃん、今……高校三年？」

「はい。デザインの勉強がしたくて、卒業後は専門学校に行くことが決まったんです」

「そうなんだ。でも、お母さん、許してくれたの？」

「はい。あれから、何度も衝突はありましたけど、私が押しまくったから、ようやく許してくれました」

心なしか、未久の表情は明るい。

「未久ちゃん、彼氏でもいるの？」

「え？」

「なんか、明るくなった気がするから」

「あー、高校生活はそれなりにエンジョイしてたんですよね。友だちもできたし」

「そっか」

未久は照れくさそうに下を向いた。

「私、中一のときから、秘かに好きな人がいたんですよね。当時は由季さんにだけは絶対に言えなかったけど……尚悟先生です」

由季は驚き、未久と顔を見合わせ、同時に笑った。

その尚悟は、猛勉強の末、今はなんと弁護士となった。

年が明け、由季は病院の分娩室に入っていた。陣痛が始まったのである。

病室の前で見守る一郎。しかし、その表情は初めてのときとは違い、穏やかだった。

やがて、大きな赤ん坊の泣き声が聞こえた。元気な女の子である。

落ち着いた頃、一郎が病室に入ってきた。由季は辛そうにベッドに横たわっている。

「由季、赤ちゃん見たよ」

由季はかすかに微笑む。

「いっちゃん……カーテン、開けて」

弱い声で由季が囁くと、一郎は言われるままにカーテンを開けた。時刻は夜九時。星が輝いていた。

「キレイ……久しぶりに、こんなキレイな夜空眺めた……」

「そうだなぁ」

一郎も相槌《あいづち》を打ち、二人一緒にしばらく夜空を眺める。

「……名前、考えた……セイラ」

「セイラ?」

「星の空って書いて、セイラ。こんなにキレイな星空の下に生まれてきたから。単純すぎるかな？」

「いや、いいと思うよ」

一郎はクスッと笑った。

「だって、流れ星に願いごとができるんだよ。星空《ほしぞら》は特別なんだよって、あの子が大きくなったら、伝えてあげるの」

由季の顔は輝いていた。そんな由季を、一郎も微笑ましく見ている。

この世に生まれてくる価値のない人間なんて、誰一人いない。

どんな時代にも、どんな時期にも、生まれてくる子は与えられた命を精一杯生きる権利がある。

由季は子供からお年寄りまで、世のなか全ての人たちが幸せでありますようにと、夜の空に願い事をした——。

著者プロフィール
仙名 のぞみ（せんな のぞみ）
昭和59年４月21日生、富山県出身。
平成15年に高校を卒業。

夜空に願い事

2007年10月15日　初版第１刷発行

著　者　仙名 のぞみ
発行者　瓜谷 綱延
発行所　株式会社文芸社
〒160-0022　東京都新宿区新宿1－10－1
電話　03-5369-3060（編集）
03-5369-2299（販売）

印刷所　図書印刷株式会社

ISBN978-4-286-03649-6